Algunes coses catastròfiques de debò

DURANT L'ESTIU, van passar tres coses catastròfiques de debò:

1. La Nora, la meva millor amiga, va marxar a Nova York.

2. La mare va tenir dues pensades horribles.

Sí, ja sé que dit d'aquesta manera semblen només dues coses, però en realitat en són tres. Val més que us ho expliqui.

LA PRIMERA COSA CATASTRÒFICA

La Nora no només és la meva millor amiga i la noia més llesta de la classe i la més lleial i la més experta en informàtica i la més alegre i la més... A més de tot això, també és una estrella de la televisió!

Tot va passar durant el curs passat, quan tots dos vam ajudar el seu pare a trobar una nova feina com a presentador.

El pare de la Nora és el Maties Galí, el presentador del famós concurs *El més burro sempre guanya* i del programa de més èxit de la temporada passada, *Construïm el pare perfecte*. Doncs va resultar que, a més de contractar el Maties Galí, els de la productora van pensar en una jove presentadora per a una de les seccions del programa. Endevineu de qui es tracta? És clar que sí! De la meva amiga, la gran NORA GALÍÍÍÍÍÍ! O sigui que la Nora ara és tota una celebritat i jo sóc l'Òscar, el millor amic de la noia més famosa de l'escola.

Tot estava bé i era molt divertit fins que va arribar el mes de juliol i les coses van començar a canviar. Va acabar el curs i també va acabar la primera temporada del programa de la Nora i el seu pare, i la meva amiga i jo vam fer-nos un munt de propòsits de cara a les vacances, perquè ens ho volíem passar més bé que mai.

LLISTA DE PROPÒSITS
PER A LES VACANCES
(PER LA NORA GALÍ I L'ÒSCAR LLIRÓ)

Inventar un gelat d'algun gust estrany

Banyar-nos en alguna font
del Parc Municipal
Mirar les estrelles en banyador
Buscar països llunyans per internet
Menjar-nos una pizza familiar
nosaltres dos solets
Enfilar-nos a l'arbre del pati de la veïna

Fer una bugada amb tots els gats
abandonats del barri
Tastar el cafè
Veure dues pel·lícules de terror sense que
cap dels dos es mori de por
Plantar un os d'alvocat i veure què passa

Hi havia més coses, però aquestes eren les més importants. I les vacances, n'estava convençut, serien les més al·lucinants de la meva vida. Fins al segon dia després d'acabada l'escola, quan la Nora va venir-me a veure, tota moixa, i em va dir que no podríem fer cap de les coses que havíem posat a la llista.

–No? Per què? –li vaig preguntar, amb tristor–. Has trobat un altre amic més interessant que jo?

Va mirar-me igual que em mira el mestre de mates quan no recordo la taula del sis.

–Però, tu ets burro? –va fer.

–Com que ara ets famosa... –vaig murmurar.

–Tu ets burro! –va respondre ella, i es va posar vermella del disgust abans de fer-me una pregunta:– Creus que sóc una d'aquelles ximples que no s'adonen del que és important de debò?

Vaig fer que no amb el cap. Ella va continuar, després de recuperar el seu color de sempre:

–No és això, és que el pare vol que passem l'estiu a Nova York.

He de reconèixer que per poc no esclato de l'enveja.

–Quina sort, tu! –vaig dir.

Però ella va tornar a envermellir i a dur-me la contrària.

–Però què dius! M'ha apuntat a una acadèmia d'anglès! He d'anar a classe cada dia. Començo a quarts de vuit del matí, la pausa per dinar només dura una hora i a la tarda també hi ha classes, fins a les sis. El pare diu que quan arribi hauré de fer deures, perquè l'escola és molt estricta i en posen cada dia. Fins i tot tinc classe els dissabtes! Encara et sembla que tinc sort?

–Bé... –vaig fer–, encara et queden els diumenges.

–Els diumenges hi ha visites culturals! I lliçons de recuperació.

–Caram, quina llauna! –vaig dir, pensant en el seu panorama o en la nostra llista, no ho sé ben bé–. I el teu pare què pensa fer, mentre tu ets a classe?

–Això és el pitjor de tot! El pare pensa estar-se a l'hotel, bronzejant-se a la piscina, mentre estudia les propostes que ha rebut de totes les cadenes de televisió per a la temporada vinent. Diu que ningú no vol un presentador de pell blanquinosa. S'ha comprat una dotzena de pots de crema i tres tovalloles de platja. No és just!

A mi també em va semblar una injustícia, tot plegat, però vaig pensar que era millor no dir-l'hi perquè no li sabés més greu, encara. Per això vaig fer:

–Et trobaré molt a faltar, Nora.

–Jo a tu també, burro.

I va fer-me una abraçada tan forta que l'entrepà de l'esmorzar va deixar anar un ai de dolor des del fons de la meva panxa.

I després d'aquesta escena tan plena d'emoció, el millor és que deixem les altres dues coses catastròfiques per al capítol següent.

TAP
TAP

Les dues pensades horribles de la mare

DE LES DUES pensades horribles de la mare, n'hi ha una que és molt més horrible que l'altra.

De sobte, sense avisar, mentre el Cigró prenia el seu ou passat per aigua sucat amb pa, la mare va dir al pare:

–He decidit començar una secció de llibres de segona mà al Llibredril.

El meu pare va somriure, el Cigró va aplaudir com si li acabessin de donar una bona notícia i jo em vaig quedar de pedra.

Primer aclariment: el Cigró és el meu germà. De fet no es diu així, és clar, però com que de petitó era rodonet i arrugat, fa temps que li dic d'aquesta manera. Hi ha molta gent que es pensa que el seu nom de debò és un misteri.

Segon aclariment: l'ou passat per aigua sucat amb pa és un dels sopars preferits de la mare i també del Cigró. Ell s'ho menja fent escarafalls de felicitat, com si fos la cosa més deliciosa del món. El pobrissó és tan petit que encara no s'ha adonat de com n'està, de fastigós. Si la mare llegís això que acabo d'escriure, diria:

–Òscar, no diguis que el menjar està fastigós. És de molt mala educació!

No ho entenc. És la veritat. La mare sempre diu que s'ha de dir la veritat. De vegades els adults es contradiuen, no trobeu? Jo em penso que tenen un embolic dins del cap, pobres.

Tercer aclariment: la mare és llibretera i El Llibredril és la seva llibreria. Potser hauria d'haver dit «la nostra», però a mi els llibres em fan venir una mica de mareig (només els que no tenen dibuixos), tot i que miro de no dir-ho perquè a la Nora li encanten i no vull que em tracti com si fos un ruc analfabet.

Quart aclariment: el Cigró té un any i mig i encara no s'adona de res. Passi el que passi, ell només fa una d'aquestes dues coses: o aplaudeix o plora. És impossible saber quan en farà una o quan l'altra, per molt que t'ho rumiïs. De moment no és gens àgil ni gaire destre. L'únic que li surt força bé (des de fa poc) és caminar. S'ha de reconèixer que des que va començar ha fet molts progressos. En tota la resta de coses és un desastre (i això inclou fer pipí al lloc adequat o menjar coses normals, com ara pizza de quatre formatges).

Cinquè aclariment: jo vaig quedar-me de pedra perquè, quan la mare comença una frase tot dient «He decidit» vol dir que en passarà alguna de grossa. No entenc per què a les mares els agrada tant «decidir-ho» tot ni com és que passen tot el dia rumiant la manera de capgirar les coses.

Us deia, doncs, que estàvem asseguts a taula i la mare acabava de dir la seva frase. El pare va aixecar una cella, va deixar la forquilla sobre el plat i va mirar-se la mare amb molt interès. La mare li va explicar què se li havia acudit:

–Una secció on els nens i nenes del barri puguin portar el llibre que ja han llegit i bescanviar-lo per un altre, sense haver de pagar res. En deixen un i se n'enduen un altre. Què et sembla? En podríem dir El Llibrevell.

–El Llibrevell? –va repetir el pare–, m'encanta! Em sembla una idea boníssima! Quan t'hi poses?

El Cigró va aplaudir més fort encara, com si pensés bescanviar llibres cada dia. I això que encara no sap llegir ni les vocals! I de sobte va passar un miracle. El Cigró va obrir la boca, va ajuntar els llavis dues vegades i va dir, ben alt i ben clar, perquè tots el poguéssim sentir:

–MA-MA!

Va ser el primer cop que deia aquesta paraula tan necessària en la vida de tots els nens i nenes del món (jo em pensava que el meu germà només sabia parlar l'idioma dels grunyits). I com si acabés de fer una gran troballa per a la humanitat, va repetir la paraula, una, dues, tres vegades.

–Mama! Mama! Mama! –Aplaudia, content.

La mare va aixecar-se d'una revolada i va preguntar al pare:

–Ho has sentit? Ha dit «mama»!

Tot seguit, la mare va treure el Cigró de la cigronera i el va abraçar. Després va fer una volta amb ell en braços per tota la cuina, com si ballessin, amb la cara de felicitat més gran que li recordava des que vaig treure quatre excel·lents a la segona avaluació.

–No estàs content, Òscar? –va preguntar-me–. El teu germà fa progressos!

Com si dir «mama» fos una proesa! És una de les paraules més fàcils del diccionari! I també una de les que fan més falta

en cas d'emergència! Jo sé dir coses molt més difícils, com «autoavaluació», «hipotenusa» o «artròpode», i ningú no em felicita per això! No és just!

Però tornem a allò de les decisions de la mare, que quan en pren sempre semblen molt urgents. En només un parell de dies, la mare va fer un lloc a la llibreria per posar-hi els llibres usats, i va venir a la meva habitació amb una gran capsa de cartró a les mans i va dir:

–Hem de fer lloc, Òscar. Portarem tots els llibres que no penses llegir a la secció nova de la llibreria.

«Fer lloc?», vaig pensar jo, «com és?» «Que potser vol comprar-me mobles nous? O per fi pensa regalar-me el gos que li he demanat tants i tants cops?»

Res d'això.

Aquí comença la pitjor part d'aquesta història! La tercera cosa realment catastròfica.

De sobte, la meva habitació ja no és la meva habitació

LA MARE ho va dir de cop i volta, sense avisar:

–El teu germà es va fent gran, Òscar, i el pare i jo hem decidit que comenci a dormir amb tu.

–Amb miiiiiiiiii? A la meva habitació? –vaig preguntar, alarmat.

–És clar, rei. A casa no en tenim més, d'habitacions.

–Però hi ha la vostra –vaig dir.

La mare no parava de somriure i parlava com si mastegués les síl·labes, a poc a poc, com sempre que no pensa canviar d'opinió.

–És clar, fill meu. Hi ha un dormitori

per a les persones grans i un altre per a les petites. A més, el vostre és molt més maco. Hi teniu una finestra al sostre!

–Però no és la *nostra* habitació. És *la meva*! –vaig rondinar.

–Està bé, pensa-hi d'una altra manera –va dir el pare–: serà molt més divertit dormir acompanyat.

–Però si el Cigró no sap parlar! –vaig replicar.

El pare i la mare van arrufar el nas al mateix temps.

–Això és només qüestió de temps –va fer el pare–, tu tampoc no en sabies quan vas néixer.

Ho deia seriosament? Em vaig quedar de pedra! Llavors, jo era tan poc destre com el Cigró? I com podia ser que no recordés l'època en què no sabia parlar? No penseu que una cosa així és per recordar-se'n?

–Però em destrossarà totes les joguines! –vaig argumentar, a veure si els estovava.

El pare encara va posar-se més seriós.

–Les joguines són de tots dos, Òscar.

Llavors va ficar-s'hi la mare, rotunda i freda com un tros de gel, amb aquella veu que fa més por que els monstres del borrissol:

–No t'ho estem pas preguntant, Òscar. Ja ho hem decidit. A partir de demà, el teu germà i tu compartireu l'habitació. Espero que sàpigues demostrar-li que ets el gran.

Un altre cop la paraula fatal: DECIDIT.

Algú hauria de fer desaparèixer aquesta paraula de tots els diccionaris del món!

Quan aquella nit vaig ficar-me al llit estava tan enfadat que vaig fer una de les meves llistes:

LLISTA DE PARAULES QUE S'HAURIEN
DE FER DESAPARÈIXER
DE TOTS ELS DICCIONARIS DEL MÓN
(I DE TOT EL MÓN)

Decidir
Deures
Carxofa

No
Matinar
Examen
Escola
Responsable
Càstig
Nova York
~~Cigró~~

Havia escrit «Cigró» però ho vaig treure perquè, ben mirat, no volia que el Cigró desaparegués del món.

Només m'hauria agradat que anés a dormir a algun altre lloc.

Els set minuts de la mare i el dit índex del pare

VA CALER FER alguns canvis a la meva habitació per tal d'instal·lar-hi el meu germà. Arraconar l'escriptori cap a la banda de la finestra, treure una cadira que ara feia nosa i despenjar de la paret el meu pòster de Jack Sparrow. El pitjor de tot va ser això del pòster, perquè a mi m'agradava mirar-lo quan em ficava al llit. Em penso que em tranquil·litzava.

A partir d'aquell moment, cada cop que mirés la paret hi veuria el Cigró dins la cigronera!

Aclariment: la cigronera (és clar) és el lloc on s'endreça el Cigró. No sempre és el mateix lloc. De vegades és una cadireta amb rodes, d'altres és un tamboret amb baranes (ben estrany) que hi ha a la cuina. En aquest cas és un llit de baranes de fusta, de color blanc i amb una filera d'aneguets pintats al capçal, de color groc i verd. La cigronera té baranes perquè, si no, el meu germà cauria del llit. S'hi aferra quan plora i sembla que agafi empenta. De tant en tant també s'hi enfila, però els peus li rellisquen perquè els porta ficats dins d'una mena de granota peluda que l'abriga des del coll fins a les puntes dels dits del peu. La mare en diu pijama manta, però el cert és que no s'assembla ni a un pijama ni a una manta. El dia que el Cigró s'adoni que si s'ho treu es podrà enfilar millor, es fugarà i mai més no tornarem a saber res d'ell, n'estic segur.

Potser un cop el meu germà s'hagi escapat, ens escriurà postals des dels països més llunyans del món per dir-nos que ens troba molt a faltar però que no ens perdona que li poséssim aquell pijama manta. Em penso que jo faria el mateix.

Deia que la primera nit va ser horrorosa des del mateix moment que la mare va apagar el llum i ens va dir: «Bona nit, fills meus, descanseu molt i somnieu coses maques.»

El Cigró estava tan enfadat com jo amb aquell canvi, tot i que ho va demostrar d'una manera ben diferent (això és perquè ell encara és petit i jo no, és clar). Compareu-ho vosaltres mateixos:

Això va ser el que jo vaig fer: vaig arrufar molt el nas i vaig tapar-me amb la manta, cap i tot.

Això va ser el que va fer ell: va començar a plorar amb totes les seves forces com si ens acabessin d'abandonar al mig del pol nord i jo fos el monstre dels peus grossos o alguna cosa encara pitjor.

Aclariment: el Cigró no té control de volum. Quan comença a xisclar és com aquells despertadors que sonen cada cop

més fort fins que, de tan enfadat com estàs, et fan llevar per força.

Aquella nit, el primer plor del Cigró va assemblar-se al de quan no es vol acabar el sopar.

Per no sentir-lo, vaig posar el cap sota el coixí i el coixí sota la flassada, però no em va servir de res.

Deu minuts més tard, el Cigró plorava

com quan la mare li pren una joguina i li diu: «Recull!»

Per mirar de descansar tranquil vaig buscar aquell ninot cantaire de Mickey Mouse, que feia mil anys que no agafava, dins el calaix de les joguines oblidades. Me'l vaig ficar dins els llençols i en vaig prémer el botó, però no tenia piles.

Tot seguit, el Cigró va començar a xisclar igual que aquell dia que va caure del gronxador i es va fer un trau al nas.

Era com provar de dormir al costat d'una sirena d'ambulància. Em vaig treure els mitjons dels peus i me'ls vaig posar a les orelles, però no va servir de gaire. Aquell xisclet desesperat devia arribar a tots cinc continents. Podia imaginar-me un parell d'esquimals pescant al gel i arrufant el front mentre preguntaven: «Què és aquest bram tan horrible?»

A les deu en punt, la mare va encendre el llum del passadís i va treure el nas per la porta de la nostra habitació.

–Que et molesta el teu germà, Òscar? –va preguntar.

Quina pregunta!

Jo vaig treure el cap de sota els llençols, vaig deixar en un costat el coixí, vaig llençar el Mickey Mouse mut i em vaig treure els mitjons de les orelles abans de respondre:

–Prf!

Em penso que la mare em va entendre, perquè va entrar dins l'habitació, va seure al costat del llit del Cigró i li va explicar:

–Deixa de plorar, reiet. És hora de dormir.

El va fer seure. Em vaig fer il·lusions. Vaig pensar que se l'enduria a la seva habitació i que per fi podria descansar tranquil. M'equivocava. La mare va tornar a ajeure el Cigró dins la cigronera. Però a ell no li venia de gust estar-se ajagut i es va aixecar de nou. La mare el va fer estirar un altre cop i li va repetir:

–A dormir!

Però el Cigró va tornar-se a alçar. Va

mirar la mare amb aquells ulls tendres i li va dir:

–Mama.

Quin cop més baix! Ho va fer per aconseguir el que volia, n'estic segur!

La mare es va emocionar, igual com li havia passat una estona abans a la cuina, però no va fer res d'especial. Vaig aguantar la respiració, vaig encreuar els dits, però la mare no va estovar-se. Va sortir de l'habitació i va tornar a dir allò de:

–Bona nit, fills. Que dormiu bé.

I va tocar el dos.

No havien passat ni deu segons que el Cigró va atacar de nou. Va xisclar amb totes les seves forces:

–MaaaaaaaaMAAAAAAAAAAAAAAA!!!

Per descomptat, vaig fer un bot, de l'ensurt. El Cigró tenia la cara molt vermella i els ulls clavats en el forat de la porta.

Però ningú no apareixia per auxiliar-lo. I ell plorava i plorava mentre s'anava posant cada cop més vermell.

Vaig pensar que li passaria alguna cosa, si no parava. Potser es tornaria un tomàquet de sucar o alguna cosa encara més horrible. Vaig llevar-me i vaig sortir al passadís. De la mare no n'hi havia ni rastre. Tot allò era força estrany.

Vaig anar fins a l'habitació dels pares. Vaig trobar-los asseguts al llit, amb els caps molts junts i... llegint un llibre!

Com se'ls acudia posar-se a llegir en un moment com aquell?

Només veure'm, la mare va dir una d'aquelles frases que es diuen sense pensar:

–Vés-te'n al llit, Òscar.

Vaig assenyalar la meva habitació.

–Està plorant –vaig dir.

–Ho sé prou bé, que està plorant –va fer la mare, aixecant la veu com quan està nerviosa–, però hem d'esperar set minuts!

De vegades, els adults són ben estranys.

–Per què? –vaig preguntar.

–Perquè ho diu en aquest llibre –va dir ella.

–És el llibre d'instruccions del Cigró?

–Quines coses tens, fill! És clar que no! Els nens no venen amb llibre d'instruccions.

Doncs seria útil. No sé per què no se li ha acudit a ningú. Ja me'l podia imaginar:

EL CIGRÓ (MODEL ÚNIC)
FUNCIONAMENT

1. Canviï-li el bolquer tres o quatre cops al dia.
2. Doni-li aigua cada vegada que en demani.
3. Posi'l a dormir quan tingui son.
4. Molt important! Abans no s'adormi, ha de plorar set minuts.

Encara que sembli increïble, la mare va mirar fixament el rellotge i va esperar exactament set minuts, quatre-cents vint segons, abans no es va aixecar a fer una visita a la sirena cridanera.

Llavors la mare va entrar al nostre dormitori, va mirar el Cigró com si fos un extraterrestre acabat d'aterrar i li va tornar a dir el mateix que una estona abans:

–Has de dormir, rei, que és tard. I has de deixar de plorar.

El Cigró estava tan vermell que vaig pensar que mai més tornaria a ser com abans, de color de persona. Va mirar la mare però no va entendre res. Segur que es preguntava per què ningú no li feia cas (jo també). Tot seguit, la mare ens va dir bona nit a tots dos i va sortir de l'habitació.

Aquest cop el Cigró no va trigar ni dos segons a començar a cridar, encara més rabiüt que abans.

–MaaaaaaaaaMAAAAAAAAAAAAAAAA!!!

Ai, us imagineu què va passar, aquesta vegada?

Estic segur que NO us ho imagineu.

La mare va trigar onze minuts!

El Cigró va posar-se vermell i brillant com un camió de bombers. Jo vaig asseure'm a mirar-me'l, pensant que els nens són ben estranys, també.

Quan va tornar, la mare feia cara d'enfadada i de morta de son. Aquest cop va asseure's al meu llit i em va dir:

–Em sap molt greu que no puguis dormir, Òscar.

Li vaig preguntar si no podíem portar el Cigró a una altra banda, ni que fos una estoneta, per veure si aconseguia dormir una mica, però va moure el cap a dreta i a esquerra i va dir:

–No pot ser, fill. Cal fer les coses com diu el doctor Dormidegust –Va assenyalar una pàgina del llibre que portava a les mans.– Ho veus? Aquí hi diu que han de ser onze minuts i que està prohibit deixar-lo sortir del llit. Si vols, tu podries anar a dormir a la nostra habitació. Almenys, estaràs més tranquil.

Jo, anar-me'n a dormir a l'habitació dels pares, com si encara fos un bebè? Ni pensar-hi! A més, seria com regalar la meva habitació a l'invasor. De cap de les maneres!

–M'estimo més quedar-me aquí –vaig respondre.

–T'entenc –va dir ella, molt comprensiva–, però aquesta nit em penso que serà un pèl llarga.

La mare només tenia raó a mitges. La nit va ser igual de llarga que altres vegades (va durar deu hores i catorze minuts), però va ser molt més avorrida que mai, perquè el Cigró no va adormir-se fins a LES DUES DE LA MATINADA!, després que la mare li hagués repetit deu mil cops les mateixes coses i que el pare hagués pujat a dir-li, amb un dit índex molt estirat i la seva veu de capità pirata:

–Tu! Es pot saber què passa, aquí?

El Cigró va callar de cop, per l'ensurt. El pare el va agafar i el va estirar dins la cigronera. Li va donar un copet sobre els bolquers (va sonar xof-xof) i va dir:

–No vull sentir ni un plor més. Ara mateix et quedaràs com un tronc!

L'ensurt, al meu germà, només li va

durar un minut. Em penso que en això de la tossuderia ens assemblem una mica.

Resumint: va ser una nit horrorosa. I això que va ser només el principi d'uns quants dies terribles. L'endemà...

Un moment! És millor que canviem de capítol!

La Nora, a l'altra banda de l'Atlàntic, també és fantàstica

VAIG ESCRIURE a la Nora per explicar-li les novetats. Sempre li agrada saber tot allò que passa.

Estimada Nora:

La meva mare ha inaugurat una secció nova a la llibreria. Es diu El Llibrevell. Són quatre prestatgeries plenes de llibres una mica més bruts i més arrugats que els altres, amb un cartell que diu:

PORTA EL LLIBRE QUE JA T'HAS LLEGIT
I EMPORTA-TE'N UN ALTRE, DE FRANC!

Vaig pensar que aquesta ocurrència de la mare no interessaria a ningú, però he de reconèixer que de moment té molt d'èxit. Ve un munt de gent cada dia a bescanviar els seus llibres! Algunes persones en porten tres o quatre i se n'enduen uns quants més! És increïble que algú pugui llegir quatre llibres en una setmana!

La mare està molt contenta, perquè diu que ara vénen clients nous. Ah, sempre em demana que t'enviï petons de part seva. Després em pregunta: «I la Nora? T'ha enviat petons per a mi?» Com si els petons també s'haguessin de bescanviar. Què et sembla?

La segona novetat no és tan divertida. Des de fa quatre nits comparteixo la meva habitació amb el Cigró. Com que ets molt llesta, ja deus haver notat que no he escrit «dormo» amb el meu germà perquè, de fet, des que ell va arribar, jo no puc aclucar els ulls. Es passa les nits bramant! És horrorós! I és molt més horrorós perquè és per sempre! La mare diu que hem de dormir junts fins que siguem grans del tot.

Oi que és per deprimir-se?

Tant de bo fossis aquí, segur que se t'acudiria alguna cosa a fer.

Apa! No puc creure que m'hagi sortit un missatge tan llarg! T'envio una abraçada gran com l'oceà Atlàntic. El teu amic,

Òscar

Postdata: Ja saps parlar l'anglès? Com es diu «cigró»?

La Nora em va contestar de seguida, com sempre. Ella és la més ràpida del món:

Hello, estimat Òscar.

Quina alegria rebre el teu *e-mail*! No saps com m'agrada que la teva mare hagi inaugurat aquesta nova secció del Llibredril. Ja li pots dir que penso portar-hi un munt de llibres per bescanviar. Aquí, a New York, gairebé totes les *bookstores* tenen una secció de llibrets usats, i hi pots trobar llibres preciosos, alguns de publicats fa molt temps. Ahir, sense anar més lluny, vaig comprar-me *The Treasure Island*. És un llibre molt gran tot ple d'il·lustracions increïbles. Al·lucinaràs quan el vegis i sàpigues que només em va costar tres dòlars, *of course*!

Ja veus que estic aprofitant de debò les classes d'anglès, tot i que m'agradaria molt més ser amb tu, pensant alguna cosa per ajudar-te amb el Cigró. Jo em penso que el problema deu ser que necessitaries un germà (o germana) més gran, que no t'atabali a les nits i que de passada t'ajudi amb l'ordinador i amb les matemàtiques. Però per a això ja em tens a mi, oi que sí?

Això dels petons és genial. T'imagines un mercat de petons de segona mà? Seria fantàstic! «Canviem petons usats per d'altres de nous», o bé «Porti els petons que ja no necessiti i emporti's alguna cosa més útil, per exemple, una goma d'esborrar». Seria *very very funny*!

De fet, qualsevol cosa s'hauria de poder bescanviar per una altra que ens agradi més. Ho havies pensat?

Va, he de marxar. La meva classe de *Vocabulary* comença just d'aquí a cinc minuts. El millor de l'acadèmia d'anglès és la *Computer's Room*. Escriu-me! La pròxima vegada encara t'escriuré un missatge més llarg, *I promise!*

T'envio un petó dels que no es canvien per res i una abraçada tan oceànica com la teva.

La teva amiga,

Nora

Postdata: Encara no sé com es diu «cigró» (em penso que els americans no en mengen), però ho esbrinaré.

Les idees serveixen (de vegades) per resoldre problemes

COM DE COSTUM, les paraules de la Nora van fer-me pensar. «Qualsevol cosa s'hauria de poder bescanviar per una altra...», «deu ser que necessitaries un germà (o germana) més gran».

Hi ha pensaments que són com borinots. Per molt que vols foragitar-los, sempre et tornen al cap. Et sorprenen quan menys t'ho esperes. Brunzeixen al teu voltant. No et deixen estar.

Aquella nit, mentre el Cigró començava el seu concert de cada vespre, jo només feia voltes i més voltes a aquella frase de la meva millor amiga.

Vaig tenir un somni increïble: la Nora era la meva germana gran, m'ajudava amb els deures i jo treia unes notes fantàstiques, el pare i la mare estaven supercontents i em portaven de vacances a Nova York (i em compraven un gos que bordava en anglès, feia *raf-raf*). Va ser el millor somni de la meva vida!

Al matí vaig tenir una idea. Una idea tan bona, tan útil, tan meravellosa i tan original que semblava més idea de la Nora que meva.

Tot i que de fet em penso que era idea de la Nora; o no?

Amb un paper en blanc i els retoladors de coloraines vaig fer un cartell que deia:

Canvio un germà petit
per una germana gran (si pot ser).
TOTALMENT DE FRANC!
(Si hi estàs interessat,
vine a la sala d'autors locals
de la biblioteca municipal
dijous a les 5 de la tarda)

El vaig penjar al suro que hi ha al costat de la porta de la biblioteca, allà on la gent hi acostuma penjar tota mena d'anuncis: «Busco cangur que no salti», «Regalo tortuga d'aigua bòrnia», «S'ha perdut un entrepà de mortadel·la»... i coses així. Vaig mirar de posar-lo en un lloc visible, on cridés l'atenció de tothom. Ho vaig fer perquè si la Nora hagués estat al meu costat, hauria estat el primer que hauria dit que féssim. Bé, ara que hi penso, si la Nora hagués estat amb mi, res de tot allò hauria passat.

I per als que pensin que vaig precipitar-me o que no tenia prou motius per penjar aquell anunci, m'agradaria que llegíssiu amb atenció el que ve ara.

LLISTA DE MOTIUS PER ESTAR MOLT I MOLT ENFADAT AMB EL CIGRÓ EN NOMÉS SIS DIES

1. Va xarrupar el meu quadern de repàs de matemàtiques fins a deixar-lo tot arru-

gat i fet un bunyol (i la mare em va renyar a mi).

2. Va menjar-se la meva goma d'esborrar preferida (tenia forma de pilota) i després la va vomitar. Uix, quin fàstic!

3. Va trencar-me l'àlbum de cromos de futbolistes.

4. Va fer gargots vermells a la paret.

5. Em va trencar la comissaria de policia, la torre de control de l'aeroport, el fort apatxe i l'avió per a dotze passatgers (per si no ho sabeu: eren les meves joguines preferides).

6. És un desendreçat que ho deixa tot pel mig, però la mare, quan entra a l'habitació, em diu a mi que ho reculli (i ell ni tan sols m'ajuda). No és just!

7. Es queda adormit quan toca desparar taula (només perquè ho hagi de fer jo tot sol).

8. Si m'enfado amb ell, de vegades mou les mans com si no les controlés i em pega. I comença a bramar com si jo li hagués fet alguna cosa!

9. Si li vull explicar el que ha de fer, riu i diu: «Posca! Posca!» (És a dir: «Òscar, Òscar!» És en llenguatge cigró.)

10. (Aquesta és la pitjor. Esteu preparats?) Va fer-se pipí sobre el Jack Sparrow! La mare diu que va ser sense voler i que l'he de perdonar perquè és petit i encara no controla una paraula molt estranya que no recordo, però jo prometo que quan sigui gran em faré pipí a sobre del pòster del seu pirata preferit!

Frases típiques (sobre el Cigró) que sempre diu la mare

1. **«Òscar, el teu germà és petit, has de tenir una mica de paciència.»** El primer cop vaig témer el pitjor i vaig buscar la paraula *paciència* al diccionari. Deia: «Ser capaç de suportar alguna cosa sense alterar-se.» També deia: «Saber esperar alguna cosa que es vol amb moltes ganes.» Conclusió: la paciència és una llauna molt més grossa del que havia pensat.

2. **«Caram, el germà gran ets tu, a veure si ho demostres!»** De vegades les mares diuen coses que tothom sap, o que tothom pot veure, o que no cal recordar (però jo no tinc ni idea de per què ho fan).

3. **«Demana perdó al teu germà ara mateix!»** Ai, fa una malícia! Haver de demanar perdó quan estàs enfadat és pitjor que haver-te d'acabar l'aigua quan no tens set! I el pitjor de tot és que ho fas baix baixet, a veure si cola, però no cola gens i t'ho fan repetir. I la segona vegada encara fa més malícia que la primera!

4. **«Tots dos castigats a pensar al bany!»** El bany és un lloc fatal per pensar. Primer, perquè allà només hi ha un lloc on seure (ja podeu imaginar quin és), i ni el meu germà ni jo no volem estar-nos drets. Segon, perquè és impossible pensar mentre algú altre brama al costat de la teva orella. Al Cigró, pensar li fa venir ganes de plorar. I a mi em fa venir ganes de fer pipí. Al final, la mare diu «Ja podeu sortir», i llavors ens pregunta si hem reflexionat. Llavors el meu germà i jo fem cara de bones persones i contestem: «Sííííí.» La mare ens aixeca el càstig i de vegades diu una altra d'aquelles frases misterioses

i tan típiques d'ella: «Com pot ser, que siguin tan diferents?»

Jo tinc la resposta. El Cigró i jo som tan diferents perquè el Cigró és ell i jo sóc jo. No és pas tan difícil!

El gran mercat de germans comença amb èxit

DIJOUS a les cinc de la tarda vaig entrar a la biblioteca pensant que ningú no hauria vist el meu anunci.

Qui és que té problemes amb els seus germans? Els germans de totes les persones que conec acostumen a dormir a les nits. Tots, menys el meu.

A mesura que m'apropava a la sala d'autors locals, em sorprenia més. Hi havia cinc persones assegudes al voltant de la taula, amb posat de no fer res en concret. Estaven esperant algú.

Així que em van veure entrar, tots em van mirar molt encuriosits. Jo també me'ls vaig mirar a ells, sorprès de debò. Va fer-se un silenci carregat de tensió. Després, un noi pèl-roig que devia tenir uns onze anys va dir:

–Ets tu el qui vol canviar el seu germà?

Vaig quedar-me parat! Era veritat que m'esperaven a mi! L'anunci havia estat un èxit!

–Sí, sóc jo –vaig fer.

Ja he dit que a la sala hi havia cinc persones. Us explico qui eren:

1. El noi pèl-roig que va parlar primer. El tenia vist del barri tot i que no anava a la meva escola. Era dos anys més gran que jo i es deia Dani.

2. La Laia, una noia de la meva escola que fa quart.

3. Les bessones Wang i Ling, que no veia des de la festa sorpresa de la Nora.

4. Un noi que no havia vist mai, que portava ulleres i serrell. Es deia Arnau.

Tots plegats em miraven amb uns ulls com unes taronges, esperant que jo digués alguna cosa. Vaig pensar que havia de fer un discurset, semblant als que fa el director de l'escola el primer dia de curs, perquè tots comencessin a prendre'm seriosament. Vaig començar d'aquesta manera:

–Bona tarda a tothom i benvinguts a la biblioteca.

No se m'acudia res més. Vaig rumiar una mica, però no va servir de res. Així que vaig decidir acabar el meu discurs (una mica curt, ho reconec) fent-los una pregunta:

–Tots teniu una germana que voleu canviar?

Alguns van fer que sí amb el cap.

–Està bé –vaig continuar jo, mirant de semblar seriós–. I em podríeu explicar per què la voleu canviar?

Llavors tots van parlar al mateix temps, com quan a classe el mestre fa una pregunta divertida.

–Perquè tota l'estona parla pel mòbil –va respondre el noi pèl-roig.

–Perquè quan està de mal humor no vol res amb mi –va dir el que portava ulleres i serrell.

–Perquè només vol fer una volta amb mi per estar amb el seu nòvio –va dir la noia de quart.

–No has vist que estem repetides? –van dir al mateix temps la Wang i la Ling.

Aquella era una qüestió que s'havia de tractar amb professionalitat màxima. Vaig treure de la motxilla una llibreta i un bolígraf i vaig prendre aquests apunts:

Dani
La seva germana es diu Vanessa
i té 16 anys
En contra: parla molt pel mòbil / passa
hores dins el lavabo / té mal geni
(només de vegades)
A favor: a les nits no brama (dorm)
Conclusió: M'AGRADARIA QUE FOS
LA MEVA GERMANA

Arnau
El seu germà té 15 anys
En contra: mai no li deixa fer servir
l'ordinador
DE GERMÀ JA EN TINC UN: DESCARTAT

Wang i Ling
Són bessones, cadascuna vol canviar
l'altra perquè diuen que ser iguals
és molt avorrit
Tenen 10 anys (cadascuna)
En contra: fan moltes preguntes
(tota l'estona, de fet)
DESCARTADES

Laia

La seva germana es diu Raquel, té 17 anys
En contra: es passa tot el dia a l'ordinador
A favor: és un geni de les matemàtiques
NO HO TINC CLAR

Després de parlar amb tots i apuntar tot el que van dir-me dels seus germans i germanes, els vaig preguntar per què volien un germà petit.

–Per passejar-lo pel parc en la seva cadireta –va dir la Laia.

Vaig fer que no amb el cap.

–Al Cig..., vull dir... al meu germà, ja no li agrada la cadireta. S'estima més caminar tot sol, tot i que de moment ho fa com un robot.

La Laia va posar els ulls en blanc i va afegir:

–Ai, que monooooo! M'agrada molt!

El Dani volia un germà petit per ensenyar-li a jugar al futbolí que els Reis Mags li havien regalat aquell any.

–A la meva família ningú no té mai temps de jugar amb mi. Mai. Ni durant els caps de setmana –va explicar, moix–. Per això necessito un germà!

L'Arnau necessitava un germà petit per manar-lo.

–Estic cansat que tothom em doni ordres –va raonar– i m'agradaria tenir algú que em faci cas.

Per acabar, les germanes Wang i Ling ho van tenir molt clar:

–A nosaltres ens és igual tenir un germà més gran o més petit. Només volem que sigui diferent.

Després d'escoltar-los a tots, vaig anar al lavabo per deliberar. Era una decisió molt important i no me la podia prendre lleugerament. És molt difícil deliberar tot sol (fa venir son) i reconec que em vaig despistar una mica. Després em van venir ganes de fer pipí i més coses. Vaig trigar una mica. Però també vaig estar pensant en les coses bones i dolentes de cadascun, vaig descar-

tar l'oferta més poca-solta, després en vaig eliminar una altra i en van quedar dues. Aquesta va ser la part més complicada, perquè qualsevol de les dues em semblava bona. Però de cop i volta ho vaig veure clar i vaig esborrar-ne una del quadern. Vaig sortir del lavabo amb el meu veredicte, molt seriós.

Quan vaig entrar a la sala d'autors locals vaig sentir-me la persona més important del món.

Vaig anunciar:

–Em quedo amb...

Tothom va mirar-me enmig d'un gran silenci. Feia una mica de vergonya parlar.

–La Vanessa! –vaig afegir.

El Dani va fer un salt d'alegria.

–Fantàstic! Avui mateix trauré el futbolí de la caixa! –va exclamar, molt content.

«Aquesta nit dormiré d'una tirada», vaig pensar jo, que també estava molt satisfet.

Tot havia sortit bé. Segur que la Nora estaria molt orgullosa de mi.

Com les sabates velles

ENCARA TENIA dues coses importants a fer, aquella tarda. La primera era explicar-ho tot a la Nora.

Vaig córrer a la sala d'ordinadors per escriure-li un correu. Li havia d'explicar que la seva idea havia funcionat d'allò més bé. Per una vegada, no m'havia quedat paralitzat en comptes de prendre decisions. Potser és que m'estava curant de la timidesa.

Vaig calcular quina hora devia ser en aquells moments a Nova York. Si el meu rellotge marcava tres quarts de set de la tarda, per a ella eren sis hores menys, és a dir..., tres quarts d'una del migdia! Amb una mica de sort, l'enxamparia abans no comencés la classe de vocabulari.

Vaig escriure tan de pressa com vaig poder (que no és gaire, la veritat) un dels missatges més curts de la història d'internet:

> Hola, Nora.
>
> He bescanviat el Cigró per una noia de 15 anys que es diu Vanessa! M'ajudes a pensar què faig, ara? Com l'hi dic, a la mare? Per cert, ja saps com es diu «cigró» en anglès?
>
> El teu amic,
>
> Òscar

M'havia equivocat. No era la classe de vocabulari sinó la de gramàtica, la que la Nora estava a punt de començar. Malgrat tot, la meva amiga no va decebre'm (mai no ho fa).

Aquest va ser el missatge que em va enviar:

Dear Òscar:

Em penso que la teva mare se n'alegrarà moltíssim. Les mares sempre s'estimen més les noies perquè els agrada anar de botigues. A més, si la Vanessa dorm a les nits, de seguida li caurà bé. D'aquí a uns dies ja no trobareu a faltar el Cigró. Mira'm a mi: mai no he tingut cap germà i no em fa res. Ah, m'agrada molt que hagis inventat el primer mercat de germans de la història!

I ara me'n vaig, que faig tard a la classe de *Grammar*.

Goodbye!

Nora

Postdata: Ja sé com es diu «cigró» en anglès. Apa, m'he oblidat a l'hotel la llibreta on ho vaig apuntar. Era una paraula estranya. Te la dic al pròxim correu.

El missatge de la Nora va donar-me seguretat. Per això vaig anar directe al Llibredril i vaig donar la notícia a la mare.

La vaig trobar a la secció nova de llibres de segona mà. Una nena volia canviar tots els seus llibres de contes per unes quantes novel·les d'aquelles sense dibuixos, i la meva mare l'estava ajudant a triar-les.

–Alguns llibres són com les sabates –deia la mare–, ens queden petits quan ens fem grans.

La nena mirava les cobertes amb el nas arrufat.

–En canvi, n'hi ha d'altres que són com els amulets, mai no ens fallen –afegia la mare.

I com que la nena no acabava de decidir-se per cap, la mare l'animava:

–Emporta-te'l sense por. Si no t'agrada, el tornes!

Quan la clienta va marxar, la mare va tombar-se cap a mi i em va trobar observant-la de fit a fit.

–Com va, Òscar? M'has de dir alguna cosa, potser?

Vaig agafar aire com quan estic a punt de capbussar-me a la piscina i vaig anar al gra:

–He bescanviat el Cigró per una germana gran, la Vanessa. Avui podrem dormir.

La mare em va mirar llargament, sense

parpellejar. És un gest que normalment vol dir: «M'estic enfadant moltíssim i d'un moment a l'altre esclataré.» Tot seguit va tombar el cap a l'esquerra. Aquest altre gest, en canvi, significa: «Potser tens raó.» Finalment, va fer:

–Com de gran?

–Quinze.

–Una noia?

–Sí.

–Vanessa?

–Això mateix.

–Saps si li agrada l'amanida de patates?

–Ni idea.

La mare va somriure.

–Tant se val, ho sabrem ben aviat –Va remenar-me els cabells.– És fantàstic, Òscar, el pare i jo sempre hem volgut tenir una filla, des d'abans que tu naixessis.

Allò no m'ho esperava. La mare no s'enfadava amb mi? No es posava les mans al cap? No m'esbroncava? I si la mare no es trobava bé?

–I quan vindrà, la Vanessa? –va preguntar.

–A quarts de vuit.

–Doncs haurem de preparar la seva habitació!

Vaig fer que no amb el cap.

–Deus voler dir la *nostra* habitació.

–Sí, sí, això mateix. La vostra habitació. –Em va semblar que deia aquelles paraules amb un somriure molt enigmàtic als llavis.– I també haurem de preparar la bossa amb les coses del teu germà, oi?

–Suposo que sí –vaig murmurar, i pensar en el Cigró em va fer sentir una mica malament.

Quan vaig sortir de la llibreria em sentia molt pitjor. Necessitava la Nora amb totes les meves forces, tot i que sabia que m'havia d'aguantar.

Com quan t'ha picat un mosquit i saps que no pots gratar-te però en tens més ganes que res en el món.

Doncs igual.

Les matemàtiques, l'ordinador i la flassada rosa

AQUELLA TARDA, la mare va sortir més d'hora de la llibreria per tenir-ho tot a punt. En comptes de la cigronera va instal·lar, ben enganxat a la paret, un llit plegable que va baixar del traster. Va fer el llit amb una flassada rosa molt cursi.

La Vanessa va arribar a dos quarts de nou, amb cara de pomes agres i acompanyada de la seva mare i el seu germà petit. Mastegava xiclet i ho mirava tot com si d'un moment a l'altre hagués de sortir un monstre del borrissol.

La mare de la Vanessa i la meva mare van asseure's al sofà davant dues tasses de te verd i van parlar una bona estona. La mare deia:

–Menja fruita i verdura, però no li agrada la llet de vaca. La pren de soia. El seu sopar preferit és un ou passat per aigua sucat amb pa. El seu peluix de dormir és a la bossa. Li agraden les sèries de dibuixos. Ah, i darrerament no dorm gaire bé.

La mare de la Vanessa, en canvi, deia:

–Li costa una mica anar-se'n a dormir a les nits i també llevar-se al matí. Cal allunyar-la dels telèfons. A les nits menja molt poc, per sopar. Darrerament gairebé no parla, però rondina molt. Està estranya i moixa.

Després de totes les instruccions, la mare de la Vanessa va fer una petó a la Vanessa, la mare va fer un petó al Cigró i tots plegats vam acomiadar-nos.

–Adéu, adéu, molta sort –van desitjar-se les nostres mares l'una a l'altra.

Després va tancar-se la porta.

Pom!

I va començar la meva nova vida amb germana gran!

El primer que va fer la Vanessa en posar els peus a la nostra habitació va ser estirar-se al meu llit.

Li vaig dir que aquell era el meu llit i vaig assenyalar-li l'altre, però no em va sentir perquè portava uns auriculars a les orelles.

Li vaig fer uns copets a l'espatlla, va apagar la música i va mirar-me amb cara de fer un esforç sobrehumà.

–Què vols, tap de bassa? –va preguntar, en un to molt i molt desagradable.

–Aquest és el meu llit –vaig dir-li.

–Ara ja no –va fer ella, i es va quedar tan tranquil·la. Va assenyalar el llit plegable i va afegir:– No deus voler que dormi en aquesta andròmina estreta i cursi? Sóc la gran i em pertoca el llit gran.

Es va tornar a posar els auriculars i va tancar els ulls.

Final del primer acte.

No calia ser gaire llest per saber què calia fer ara: dormir a l'andròmina estreta i cursi.

Mitja hora més tard, la Vanessa va despertar-se com si dins del seu cervell hagués sonat una alarma, va aixecar-se d'una revolada i va preguntar:

–Ja és hora de sopar?

–Gairebé.

Llavors la Vanessa va tancar-se al bany i va trigar més d'una hora a sortir.

Què s'hi deu fer, una hora dins el bany? Quin misteri!

Quan va aparèixer per la cuina s'havia fet un pentinat psicodèlic i portava un pijama amb una bandera pirata dibuixada a la samarreta.

–M'ajudaràs amb els problemes de mates? –li vaig preguntar.

–És clar, tap de bassa, però després –va respondre.

Però havent sopat va estar-se gairebé dues hores mirant-se el telèfon mòbil i fent anar els botons com una esperitada. De vegades estava molt seriosa, de tant en tant somreia i de vegades deixava anar unes riallades que m'espantaven una mica, i tot sense deixar anar el telèfon. Vaig pensar que potser estava una mica tocada del bolet.

Cansat d'esperar-la, vaig fer jo solet els deures de matemàtiques i em vaig ficar al llit sota la flassada rosa. Ella va asseure's davant de l'ordinador sense demanar-me permís. Va començar a fer el mateix que quan tenia el mòbil a les mans: somreia, o reia, o es quedava seriosa, i escrivia a tota velocitat.

–M'ensenyaràs a escriure tan de pressa com tu ho fas? –li vaig preguntar, bocabadat.

–És clar, tap de bassa, però després –va dir.

Vaig quedar-me adormit, però vaig tenir un son mogut. De tant en tant, el riure de la Vanessa em despertava, o m'espantava el soroll de la cadira en moure's o el so de la porta de l'habitació quan ella anava al bany. Una de les vegades que em vaig despertar vaig adonar-me que eren les tres de la matinada. A la porta hi havia la mare, en camisa de dormir, que deia:

–A dormir, Vanessa. És tardíssim! No són hores per estar davant de l'ordinador.

Vaig anar a la cuina a beure un got d'aigua i vaig sentir que la mare tornava al llit. Em penso que en aquell moment vaig trobar a faltar (una mica només) el Cigró.

Els cinquanta-set motius del pirata dolent

Estimada Nora:

La Vanessa fa tres nits que és a casa i encara no m'ha dirigit dues frases seguides. Així que entra a la nostra habitació s'estira al llit i es posa els auriculars. Quan li pregunto si m'ajudarà a fer els deures, sempre diu el mateix: «És clar, tap de bassa, però després.» Però després se n'oblida o no té mai temps d'ajudar-me perquè està molt ocupada parlant per telèfon, enviant missatges a tort i a dret o mirant la pantalla de l'ordinador. Ahir ni tan sols vaig poder buscar informació sobre els volcans, i això que eren els meus deures de medi! També li agrada molt tancar-se al lavabo (i això que la mare li prohibeix posar el baldó).

S'hi està tanta estona que ahir vaig haver de fer pipí a la gibrelleta del Cigró. Quan ho vaig dir a la mare per poc es mor del riure. Només feia que repetir: «A la gibrelleta? Ai, pobrissó, quina llàstima!»

I per si amb tot això no n'hi hagués prou, dissabte van venir a visitar-la dues amigues escandaloses, van tancar-se a la meva habitació i no m'hi van deixar entrar durant tota la tarda. La mare va haver de dir-li que ja estava bé, de portar-se d'aquella manera tan egoista i no sé quantes coses més, però ella l'escolta com si sentís ploure.

Per consolar-me he fet una llista amb tots els motius que tinc per estar molt enfadat amb la Vanessa. Me n'han sortit cinquanta-set (i encara em penso que me'n falten uns quants).

Tenir una germana gran és molt pitjor del que m'havia imaginat.

M'agradaria saber com li va al Cigró.

Què puc fer? Em dónes un dels teus consells infal·libles?

Et trobo molt a faltar.

El teu amic,

Òscar

Estimat Òscar:

Cinquanta-set motius en són molts! Has de fer alguna cosa i *very soon*! Jo t'aconsellaria que comencis per fer una visita al Cigró. Segur que deus saber on viu, oi? Em penso que l'hauries de veure. Així et passaran les ganes d'engegar-ho tot a rodar. O no, qui sap, perquè de vegades ets imprevisible. Jo t'ajudaré en tot el que necessitis, per a això servim les amigues.

Ai, és tardíssim. Faig tard a la *Conversation Class*! Avui el tema són les verdures i els llegums, que emocionant, oi? T'envio un munt de *kisses*.

Your friend,

Nora

Algun dia hauré de deixar de fer cas a la Nora. Suposo que això voldrà dir que ja sóc capaç de prendre les meves pròpies decisions.

L'endemà vaig anar a fer una visita al Cigró a casa el Dani.

Ni tan sols vaig haver de trucar al timbre del portal, perquè me'ls vaig trobar jugant al parc de davant de casa seva. Se'ls veia molt contents. El Cigró era al gronxador i el

Dani l'empenyia pel darrere. S'ho passaven d'allò més bé. No paraven de riure.

Vaig asseure'm en un banc i me'ls vaig mirar. Em penso que vaig posar-me trist.

El Dani va veure'm i em va preguntar si volia jugar amb ells.

Això em va fer content. Li vaig dir que sí i durant una estoneta vaig empènyer el gronxador del Cigró. Després vam jugar que érem pirates del mar Carib. El Dani era el capità, el Cigró era el seu inseparable lloro Cinquantasis i jo era el capità del vaixell enemic. Van guanyar els dolents i van capturar el lloro com a presoner. Després vaig negociar un rescat de tres baletes, dues galetes de xocolata i dues cartes magnètiques. Va ser fantàstic!

Vaig acomiadar-me del Cigró i vaig deixar que em fes petons. Va omplir-me la cara de saliva, però no em va fer fàstic.

–Anem, germanet –va fer el Dani, mentre agafava la mà del meu germà–, encara tenim temps de fer una partida de futbolí abans de sopar.

I van marxar cap a casa seva.

Van venir-me moltes ganes de plorar i també moltes ganes d'anar-me'n amb ells, però vaig dissimular.

El pirata dolent mai no faria cap de les dues coses.

L'amor fa tristor, a la nit?

UNA NIT va passar una cosa molt estranya. Un sorollet va despertar-me de matinada. No va ser un ensurt, ni un malson. Més aviat una cosa semblant a un borinot. Quan vaig parar l'orella em vaig adonar que la Vanessa estava plorant, amagada sota els llençols del meu llit.

«Què faig, ara?», vaig preguntar-me. «Amb ella funcionarà el mètode dels set minuts del doctor Dormdegust?»

El plor de la Vanessa cada vegada era més fort. Ara, més que un borinot ja semblava una avioneta. De tant en tant es mocava i es calmava una mica, però de seguida tornava a començar.

«Què m'agradaria que fes ella si jo estigués plorant?», vaig pensar (aquest mètode funciona quan no saps què fer).

Em vaig llevar i vaig acostar-me a la meva nova germana. Com que estava amagada sota els llençols, no em va veure arribar. I tampoc no em va sentir.

–Vanessa –vaig murmurar.

–Ahh! –va fer un bot al llit–. Però què fas? M'has espantat, idiota!

Li anava a dir que insultar és de mala educació però vaig pensar que valia més deixar-ho per més tard.

–Què et passa?

–Res.

No em vaig moure del seu costat. No vaig dir res (no se m'acudia res a dir). Ella va preguntar:

–Es pot saber què mires?

–Per què plores? –vaig preguntar.

–No ploro –va contestar mentre s'eixugava una llàgrima de la galta.

–Et fa mal la panxa? Tens por? Vols que avisi la mare?

Va ser com si li hagués anomenat el director de l'escola.

–Noooo! Deixa'm tranquil·la, tap de bassa! No n'has de fer res, del què em passa.

–Però ets la meva germana. El que et passa m'importa –vaig dir, com si de cop i volta fos el personatge bo d'una pel·li.

–Jo no sóc la teva germana –va replicar ella, tapant-se cap i tot amb els llençols. I per si no ho hagués entès bé, va repetir:– Deixa'm tranquil·la.

Me'n vaig anar al llit, però no vaig poder dormir. Estava massa intrigat. Quan el Cigró plorava, jo podia imaginar (més o menys) què li passava. Però ara que la Vanessa plorava, no tenia ni idea de què li podia passar.

I si en aquella habitació hi havia un malefici terrible que provocava les llàgrimes de qualsevol que hi dormís?

I si la Vanessa havia vist un monstre del

borrissol i no ho podia confessar perquè l'havia amenaçada de mort?

I si la Vanessa en realitat estava molt malalta i patia uns dolors horribles?

L'endemà, mentre esmorzàvem, vaig explicar a la mare totes les meves sospites, una per una. En veu baixa, perquè la Vanessa no em sentís, li vaig dir tot allò del malefici i la malaltia. Del monstre del borrissol no n'hi vaig parlar perquè el sol fet de pronunciar el seu nom m'omplia d'espant.

La mare va riure.

–Em penso que això que li passa a la Vanessa no és un malefici ni una malaltia.

–Ah, no? Llavors què és? –vaig preguntar, molt intrigat.

–No ho sé del cert, però sospito que la Vanessa està enamorada.

«Està enamorada? I això què té a veure amb les llàgrimes?», vaig dir-me.

Que potser l'enamorament és una malaltia, com ara una grip? Fa mal alguna cosa, quan t'enamores? Fa posar trista la gent?

La mare (no sé per què) reia cada cop més amb les meves preguntes. Jo no hi entenia ni un borrall.

–Ara que ho dius, enamorar-se s'assembla una mica a tenir la grip –va explicar-me la mare–. I sí, de vegades també fa una mica de mal.

Cada cop ho veia menys clar. Vaig pensar que ho preguntaria a la Nora. Ella sempre entén les coses més complicades, com ara les arrels quadrades, els verbs en anglès o les parts de la cèl·lula. L'amor, pel que sembla, encara és més complicat que totes aquestes coses.

Vet aquí un gat i vet aquí un gos, aquest conte no s'ha fos..., encara

ALLÒ DE L'AMOR només va ser l'excusa que em calia. La mare en va dir «la gota que fa vessar el got» (que estrany).

Vaig anar a veure el Dani i li vaig dir allò que pensava des de feia dies:

–Vull que em tornis el meu germà.

El Dani va fer cara de gran catàstrofe.

–Però..., però... –va fer i vaig pensar que es posaria a plorar–, però tu i jo vam fer un tracte!

–Tens raó –vaig respondre–, però no vam dir fins quan havia de durar.

Feia cara de gran injustícia. Va arrufar el nas, va encreuar els braços de cop i va dir:

–Ostreeeeees! Ja gairebé li havia ensenyat a jugar al futbolí.

Llavors vaig tenir una idea boníssima.

–No passa res –vaig fer–. Pots continuar jugant al futbolí amb ell sempre que vulguis. Podem quedar a la tarda, en sortir de l'escola, o bé els caps de setmana. Podem ser amics!

La cara del Dani va il·luminar-se amb un somriure d'orella a orella.

–Fantàstic! –va exclamar.

–I també me'n pots ensenyar a mi, a jugar. Si et ve de gust... –vaig atrevir-me a dir, tot i que sense reconèixer que me'n moria de ganes.

–Ho dius de debòòòòò? –va preguntar el Dani. Es veia que la idea li havia agradat molt.

–I tant que sí!

–I potser podríem organitzar campionats i tot! Tu, el teu germà i jo.

–I la Nora! És clar que sí! –vaig dir.

–I de tant en tant potser podríeu quedarvos a dormir a casa meva. Hi ha espai de sobres i la mare fa uns entrepans de llom boníssims –va explicar el Dani, cada cop més eufòric.

–És fantàstic!

Allò va ser el principi d'una gran amistat.

La Vanessa va retornar a casa amb totes les seves coses. El Cigró va retornar a la nostra i va tornar a dormir a la cigronera, i jo vaig guanyar un amic nou amb qui jugar al futbolí i menjar entrepans de llom i moltes coses més. I vet aquí un gos i vet aquí un gat i aquest conte s'ha...

UN MOMENT!

No teniu la impressió que aquí passa alguna cosa estranya?

No heu notat res de sospitós en algun dels personatges d'aquesta història?

Penseu que les coses es poden acabar així, tan de cop i volta?

DONCS HO HEU ENCERTAT DE PLE!

Va ser la Nora qui m'ho va fer veure. Allà passava alguna cosa estranya. Em va escriure aquest correu:

Dear Òscar:

M'alegro molt que tot hagi tornat al seu lloc (fins i tot el Cigró) i que ara tots sigueu feliços i mengeu anissos com en una pel·lícula de dibuixos cursis. Però hi ha una cosa que no acabo d'entendre. No et sembla estrany que ni la teva mare ni la mare de la Vanessa no s'hagin queixat ni un sol cop? Quan li vas dir que volies canviar el Cigró per una germana gran, ni tan sols va posar-te una condició (i això que a les mares els agrada molt posar condicions). I ara tot plegat li sembla bé, com si allò no hagués tingut importància o com si ja s'ho esperés.

No creus que n'has de treure l'entrellat?

Jo em penso que ho has d'investigar.

I miss you!

Nora

Postdata: Ja he après a dir «cigró» en anglès, però m'ho reservo fins que torni. Una pista: és una paraula que li escauria molt a una mascota no gaire grossa.

La Nora, per no variar, tenia raó. Vaig preguntar al Dani si li semblava que en tot allò hi havia alguna cosa estranya.

Es va gratar la barbeta, per pensar millor.

–Creus que les nostres mares es podrien haver posat d'acord? –va deixar anar de sobte.

Ostres! Hi vaig pensar una mica. I si les nostres mares ja es coneixien d'abans del nostre tracte?

–A la teva mare li agrada llegir? –vaig preguntar.

–Moltíssim! Llegeix uns deu llibres al dia!

–I saps si forma part d'algun club de lectura?

–D'un que es fa en una llibreria amb un nom estrany.

–El Llibredril, per casualitat?

–Això mateix! Com ho saps?

–No hi fa res.

–I també és de la Comissió de Festes del Barri.

–I segur que del grup de teatre de la parròquia.

–I tant! També!

–Ja ho tinc!

Em penso que vaig deixar anar un esbufec indignat. El Dani va imitar-me. Tots dos vam arrufar el nas al mateix temps. Només de fer això, ja estàvem molt més tranquils. Les nostres mares ens havien pres per ximples, però encara podíem unir-nos per consolar-nos l'un a l'altre.

N'hi havia per llogar-hi cadires! Acabàvem de descobrir el Complot de les Mares!

El Complot de les Mares i el final de la història

ARA SÍ que estem arribant al final d'aquesta història.

Aquella tarda vaig anar al Llibredril i vaig fer cara de detectiu que gràcies a la seva enorme sagacitat ha aconseguit desemmascarar el culpable.

–La mare de la Vanessa i tu us vau posar d'acord! –vaig dir a la mare.

–I tant que sí! –va fer ella, mentre endreçava una pila de llibres de segona mà–. I ha estat molt divertit canviar de fills! Vas tenir una idea molt bona, Òscar! Ens ho hem passat d'allò més bé!

Vaig quedar-me realment astorat (que

és més que bocabadat i molt més que sorprès). Com s'ho fan les mares per avançar-se sempre a allò que pensem els fills? I com és que es prenen de broma coses tan serioses? És massa!

La mare va continuar i m'ho va confessar tot:

–Tant la mare de la Vanessa com jo vam creure que a tothom li aniria bé un petit canvi. I ha sortit talment com havíem previst. La Vanessa ha explotat i ha deixat sortir els seus sentiments. La seva mare estava molt amoïnada perquè no sabia què li passava, darrerament. El Dani ha pogut jugar amb algú. El teu germà ha après a dormir a les nits i tu has començat a trobar-lo a faltar. Tot solucionat, no et sembla?

A mi tot allò em feia molta malícia. Em sentia com si la mare m'hagués robat la idea. Tot i que, fet i fet, era més aviat al contrari, oi? Qui havia robat la idea a qui? Quin embolic!

Les notícies bones no s'acaben aquí,

però. A finals d'estiu va tornar la Nora. La primera cosa que va fer, després de dormir unes vint hores d'una tirada per recuperar-se de la diferència horària, va ser visitar El Llibredril i, de passada, a mi.

–Tenia ganes de tornar, Òscar Lliró! –va dir-me.

–I jo que tornessis, Nora Galí! –vaig respondre.

Em va fer una abraçada tan forta que el tros de pastís de xocolata que m'havia menjat per berenar va fer un ai de dolor des de la meva panxa.

A la Nora li va agradar molt la nova secció El Llibrevell i de seguida va portar-hi llibres que ja havia llegit, per canviar-los per d'altres. També el Maties Galí va deixar-se caure per allà, amb un munt de llibres sobre com convertir-se en un pare perfecte. De mica en mica els va anar canviant per altres de molt diferents, que no havia llegit: *Com trobar nòvia en menys de cinc minuts*, *El dilema de la ceba en la truita de patates* o *Els deu mil secrets d'un bronzejat per sempre*.

Ah, i la mare va prometre'm que si el curs que ve trec bones notes gairebé segur que, potser, tal vegada, ja veurem si em comprarà un gos.

Jo ja tinc pensat quin nom li vull posar. Me'l va dir la Nora només tornar de Nova York i el trobo molt divertit: CHICKPEA!

Algú sap què vol dir?

I ARA SÍ QUE EM PENSO que s'ha acabat aquesta història. Ai, acabo d'adonar-me que no us he dit quin és el nom veritable del Cigró. Sóc un despistat!

Doncs bé. El veritable nom del meu germà el Cigró és..., és... Tot i que, ben mirat, val més que ho deixi per a la pròxima ocasió.

Epíleg
On es parla de monstres del borrissol

LA NORA diu que ningú no voldrà tancar aquest llibre sense saber què són els monstres del borrissol.

No és que li faci cas en tot. És que jo hi estic d'acord. Som-hi!

Els monstres del borrissol viuen sota el llit. De dia mai no es deixen veure, perquè s'estimen més esperar que es faci de nit i que la casa estigui tota en silenci per començar a bellugar-se. Sobretot esperen que els pares s'adormin, perquè el que els agrada de debò és espantar els nens que dormen sols.

També els agrada fer por a les criatures que no poden dormir pensant si hi deu haver algun monstre del borrissol sota el seu llit.

Són de color gris o marró i tenen forma de borrissol, és clar. Poden ser de mides diferents:

–Petits (de la mida d'una baleta).

–Mitjans (com una pilota de ping-pong).

–Grans (com una de tennis).

–Enormes (fet i fet, com una pilota de futbol).

No poden volar, però aprofiten els corrents d'aire per anar d'un costat a l'altre (això és perquè pesen molt poc). Tenen ulls i boca, però no tenen dents. No parlen, però fan sorollets horribles, com ara:

–Ssssssssssssshhhhhhhh.

O també:

–Fffffffffffffffuuuuuuuu.

Només hi ha una manera de combatre els monstres del borrissol: no tenir-los por. És una mica difícil, perquè la por creix sola com si fos escuma. I si a sobre has de dormir sol, no hi ha manera.

Tot plegat m'ha fet recordar l'última llista que he fet, fa poc. Es diu:

DEU RAONS PER LES QUALS JA NO TROBO HORRIBLE DORMIR AMB EL CIGRÓ

1. Torno a dormir al meu llit. El Cigró encara dorm a la seva cigronera i quan sigui

gran la mare li comprarà un llit com el meu o potser ens posaran lliteres. M'agraden les lliteres.

2. El Cigró ja no plora en comptes de dormir. Ara s'estima més dormir amb mi que amb el pare.

3. El Cigró només fa mala olor quan acaba de fer-se caca a sobre. La resta del temps fa olor de colònia. És agradable.

4. Al Cigró li agrada repetir les paraules que dic jo, però li surten totes malament i fa gràcia.

5. La mare ara està de més bon humor. Un cop ens hem ficat al llit ve a explicar-nos un conte ple de dracs i pirates (encara que no lliguin). Sempre és molt divertit.

6. Ja no em fa res que el Cigró em digui Posca. Ara de vegades em diu Pòscar. Em penso que això vol dir que progressa. Jo ja gairebé no li dic Cigró. Bé, només de tant en tant.

7. El Cigró s'ha fet admirador del Jack Sparrow! La mare diu que ens en regalarà

un pòster nou i el posarem en un lloc on el puguem veure bé. Tot i que jo ja no necessito que em protegeixi.

8. Al Cigró, el meu ordinador ni li interessa. No parla per telèfon, ni està enamorat (que jo sàpiga), ni em diu «tap de bassa», ni «deixa'm estar». Això sí, de vegades vol fer-me petons i es posa molt pesat.

9. El Cigró també pensa que la Nora és fantàstica.

10. (He deixat el millor per al final). Des que dormim junts, els monstres del borrissol no gosen sortir del seu amagatall. Ja no tinc por. Sabeu per què? Perquè els monstres del borrissol no existeixen! I perquè el Cigró i jo som un gran equip!